高級中等學校 本土語文
（閩南語文）

編輯大意

一、 本書依據教育部於中華民國一一〇年十一月二十六日發布之「十二年國民基本教育課程綱要語文領域－本土語文（閩南語文）」編寫。

二、 本書共一冊，供普通高級中學二學分課程使用。

三、 本書目標，在於教授進階閩南語運用與寫作，結合當代重要議題，包含科技、海洋、人權、性別等，讓同學未來進入大學也能將閩南語運用於日常生活、關懷社會。

四、 每一課課文均有一個核心素養主題，透過不同形式的課文內容，發展多元的閩南語運用面向。

五、 每一課課文下，附有「註解」，解釋閩南語生難字。「導讀」類似國文課本的題解與課文分析，讓同學更了解該篇選文的議題。「作者」介紹選文作者的背景與重要生平。「做伙想看覓」以提問方式，引導同學對課文內容進行延伸思考和討論。「語句製造所」會挑選課文內出現的詞語或句型，讓同學熟習運用相關詞語與文法。「文章的園」則以課文相關的形式或內容為題，請同學練習書寫短文或詩詞。每一課最後「延伸的學習」會補充與課文議題相關的文字或影音作品，讓同學或老師作為學習、教學上的參考使用。

六、 本書編寫的核心，是希望同學藉由閱讀來學習閩南語，並進行實際應用，從日常生活、議題討論到內容撰寫，建立閩南語的閱讀、言說與書寫思維。

目錄

06 （知識想像） 第一課

《小王子》（節錄）

/ 安東尼・聖修伯里

14 （藝術） 第二課

三百冬來臺灣文學審美觀點的變化

/ 宋澤萊

22 （公民法治） 第三課

現代詩選

一、力量

/ 林亨泰

28 二、石頭所記憶的代誌

/ 王貞文

36 （科技） 第四課

慣性座標系統

/ 陳柏中

44　防災

第五課

看無對敵的戰爭－速記福島景緻

/ 陳威志

52　多元文化

第六課

現在的平埔族佮阿美族（節錄）

/ 林清廉

60　媒體素養

第七課

新聞生產佮媒體素養

/ 呂東熹

68　環境

第八課

八八水災歌（節錄）

/ 藍淑貞

76　海洋

第九課

海口

/ 王昭華

84   人權   第十課

講家己的故事

/ 吳易蓁

92   生命經驗   第十一課

做石的工人

/ 藍春瑞

100   性別平等   第十二課

現代詩選

佛跳牆

/ 江文瑜

第一課

《小王子》（節錄）

　　頭一暝我佇偏僻的沙漠中睏去，四箍輾轉[1]攏無半个人影。我比跋落海浮佇竹棑仔[2]頂懸的人閣較孤單。透早天拄光的時陣，去予一个足細的聲音共我吵精神。恁免想嘛知影我有偌驚惶。伊講：

「請你畫一隻羊仔予我。」
「啥貨？」
「請畫一隻羊仔予我！」

　　我掣[3]一下煞趒[4]起來，親像去予雷春著。我共目睭挼挼[5]咧，看予斟酌[6]，見著一个足古錐的囡仔人掠我金金看。這就是我落尾畫伊的上媠的一張像，毋過我畫的當然無伊本人遐好看。

　　這袂當怪我。自六歲的時陣，大人共我想欲做畫家的志願講瘦話[7]了後，我就無閣咧學畫圖矣，極加[8]會曉畫錦蛇，一款是看袂著腹肚內的，一款是看會著的，按呢爾爾。

---

1. 四箍輾轉：sì-khoo-liàn-tńg，四周圍。
2. 竹棑仔：tik-pâi-á，竹筏。
3. 掣：tshuah，這裡是驚嚇的意思。
4. 趒：tiô，彈跳、跳動。
5. 挼：juê，推揉。
6. 斟酌：tsim-tsiok，清楚、仔細。
7. 講瘦話：kóng-sán-uē，潑冷水。
8. 極加：kik-ke，最多、頂多。

我驚甲目瞤擘予開開，斟酌看這个人影。毋通袂記得我彼个所在的四箍圍仔無半个人蹛。毋過這个囡仔人看起來敢若[9]毋是揣無路，嘛無像忝甲欲死抑是楦甲欲死，閣無像會喀焦抑是驚惶。伊看來完全毋是佇四界無半个人蹛的沙漠內摸無路的囡仔人的款。佳哉尾仔我會當講話矣，我共問講：

「你是佇遐咧創啥？」

伊輕聲細說閣共我問一擺，袂輸佇咧講足重要的代誌：「拜託一下 …… 畫一隻羊仔囝予我 ……」

代誌若是傷過神祕，咱就無法度無去遵守。四箍圍仔[10]無半个人，閣有性命危險，雖然感覺按呢做實在真好笑，我嘛是對褲袋仔提出一張紙佮一枝筆。毋過我想著家己干焦讀過地理、歷史、數學佮文法，所以就共伊講我袂曉畫圖（想著就真無爽快）。伊應講：

「無要緊。畫一隻羊仔予我。」

因為我毋捌畫過羊仔，我干焦會當畫家己會曉畫的兩種圖的其中一款予伊，就是腹肚大大圈[11]的錦蛇。聽著這个囡仔人共我應的話，我感覺足意外的：「無愛！無愛！我無愛錦蛇腹肚內的象。錦蛇夭壽危險，象又閣傷過粗重。阮兜內底足細的。我干焦愛一隻

---

9. 敢若：kánn-ná，好像。
10.四箍圍仔：sì-khoo-uî-á，四周圍。
11.圈：khian，「大大圈」是體積龐大的樣子。

羊仔。畫一隻羊仔予我。

我就畫矣。

伊看甲足斟酌的，閣講：

「無愛！這隻病甲誠嚴重。閣畫一隻。」

我閣畫矣。

我心內微微仔笑，有小可仔歡喜。

「你家己看予真 12……這毋是羊仔囝，是一隻羊牨 13。伊發角 lioh……」

我又閣重畫。

佮頭前幾張全款，這張伊嘛是講袂使：

「這隻傷老，我欲愛一隻活較久的。」

我已經無耐性矣，因為足趕緊欲開始來共我的 iân-jín14 剝掉，這張圖我就清彩畫畫咧。

我共講：「這是一个盒仔。你欲愛的羊仔佇咧內底。」

想袂到我這个囡仔評審煞來喙笑目笑：「這拄仔好是我想欲愛的！你看這隻羊仔敢會食足濟草仔？」

12.看予真：khuànn hōo tsin，看個清楚。

13.羊牨：iûnn-káng，成年的公羊。

14.iân-jín：日語借詞（エンジン），引擎。

導讀

　　這段故事是對前衛出版社的《小王子台語版》（蔡雅菁譯）第二章第 16 頁到 21 頁摘出來的，咧講故事內底的「我」頭一擺拄著小王子彼陣發生的代誌。這个「我」做囡仔的時，捌畫過一幅「共象食佇肚腹內底的錦蛇」的圖，毋過，逐家攏看袂著錦蛇肚腹內底的象，攏共彼幅圖掠做一頂帽仔。「我」自細漢就真失望。而且伊嘛因為逐家看伊的圖看無，放棄畫圖這途，就準大漢，猶原當做家己袂曉畫圖。伊拄著小王子了發生的代誌，雖罔作者無明明拆白，卻不止仔奇。總講，《小王子》這本冊用真濟方法欲共咱講：「上重要的物件，目睭是看袂著的。」論真，內底的關鍵，真有可能毋是「看會著」抑是「看袂著」。你敢有注意著，咱猶咧討論「看會著」抑是「看袂著」的時，小王子已經咧問：「這隻羊仔敢會食足濟草仔？」這個問題一下問，「看」連鞭無重要去矣，顛倒是按怎「想」彼隻羊仔閣較要緊，敢毋是？

作者

　　安東尼·聖修伯里（Antoine de Saint-Exupéry；1900-1944），是法國文學家，嘛是一个飛行機駕駛。伊的作品《風沙星辰》（Terre des hommes）、《夜間飛行》（Vol de Nuit）等等大概攏是根據駛飛行機的經驗來創作。伊本底駛民間飛行機共人送貨。二次大戰爆發，法國戰輸了，伊去佇美國攏總 28 個月，苦勸美國人參戰，幫贊歐洲國家。《小王子》就是伊佇美國，根據較早飛行機故障，牢佇撒哈拉沙漠六禮拜的經歷發展出來的。安東尼·聖修伯里出任務失蹤，著等甲二次大戰煞，冊才正式佇法國出版。今《小王子》予人翻譯做超過三百種語言，是安東尼·聖修伯里上重要的作品，嘛是法國文學佔頭坎的作品。

做伙想看覓

1. 你敢會當舉例講,「看袂著的,比看會著的閣較重要」,這句話的意思?
2. 你若是故事內底彼个人,拄著小王子欲愛你畫一隻羊仔,你會畫啥款的圖予伊?

語句製造所

1. 毋通袂記得⋯⋯
   例:毋通袂記得明仔載咱佮咱囡仔時代的朋友約佇餐廳食中晝。
2. 想袂到⋯⋯,煞⋯⋯
   例:想袂到伊車票提咧去到車頭,煞發現車已經開走矣。

文章的園

請用閩南語寫一張批予小王子(200 字)。

延伸的學習

文字

1. 安東尼‧聖修伯里（Antoine de Saint-Exupéry）著，徐麗松譯，《風沙星辰》(Terre des hommes)，二魚文化，2015 年。
2. 安東尼‧聖修伯里（Antoine de Saint-Exupéry）著，蔡雅菁譯，《小王子 台語版》，前衛，2020 年。
3. 李馥，《小王子的幸福餐桌》，奇異果文創，2014 年。
4. 安東尼‧聖修伯里（Antoine de Saint-Exupéry）著，呂佩謙譯，《小王子（附：夜間飛行）》，好讀，2019 年。

影音

1. 史丹利‧杜寧（Stanley Donen）執導，電影《小王子》（The Little Prince）（電影），1974 年，。
2. 音樂劇《小王子》【訪華首演紀念盤】DVD，2007 年。
3. 馬克‧奧斯朋（Mark Osborne）執導，電影《小王子》（Le Petit Prince），2015 年。

第二課

三百冬來臺灣文學審美觀點的變化

三百冬來，臺灣主流作家的審美觀點，已經經過春、夏、秋、冬四个文學階段的變化，每一個季節攏有作家共同的審美觀點。遮的階段性的變化產生一種臺灣文學美學史的規律，形成一款不可思議的現象。

佇「春天：浪漫」這个文學階段，也就是清治前期的 120 冬，主流文學家共同的審美觀念是「壯麗的」，作品所表現出來的人物、風景大部分是雄壯、高尚的，甚至是無限的。比論講 [1]，郁永河 [2] 遊記的臺灣山脈就是山峰突起，懸懸達天；臺灣海峽的海水就是波浪滾滾、海魚神奇。孫元衡 [3] 的臺灣氣候就是熱風遍地、火燄燒天；臺灣樹木就是奇花亂開、芳氣 [4] 薰人。

佇「夏天：田園、喜劇、抒情」的這个階段，也就是清治後期的 70 冬，主流文學家的審美觀點就變做「優美的」，作品所表現出來的風景攏是和諧的、光明的、健康的。比論講，李逢時 [5] 的宜

---

1. 比論講：pí-lūn-kóng，譬如說。
2. 郁永河：Hiok Íng-hô, 1645-?。中國浙江人，1691 年始任於福建擔任地方官員幕僚，1697 年因北投採礦之任務來臺。著有《裨海紀遊》、《番境補遺》、《海上紀略》等書。
3. 孫元衡：Sun Guân-hîng，中國安徽人，為清國時期重要官員，曾任臺灣府海防補盜同知、諸羅縣知縣、臺灣府臺灣縣知縣。著有《赤崁集》。
4. 芳氣：phang-khuì，香氣。
5. 李逢時：Lí Hông-sî, 1829-1876。宜蘭人，1862 年應臺灣道兼學政孔昭慈之聘為幕賓。詩作多詠蘭陽當地風光兼及史事者，留有《李拔元遺稿》抄本傳世。

蘭郊外風景就是溪水明明，白鷺旋空；村外風景就是田水飽滇，牛隻拖犁。林占梅[6]筆下的「潛園[7]」風景就是梅蘭竹菊，琴棋詩畫；北臺灣的風景就是花紅柳綠，雲白水清。

佇「秋天：悲劇」的這個階段，也就是日治時代的 50 冬，主流文學家的審美觀點是「哀愁的」，作品所表現的人物、風景攏是悲傷的、破病的，甚至認定起瘖、死亡才是媠。比論講，楊逵[8]的農村景色攏是破厝破瓦，散赤[9]欠收；東京就變做冷霜冷雪、天地陰寒；呂赫若[10]描寫的好額人厝宅是起佇墓邊，自我隔離。

佇「冬天：諷刺」的這个階段，也就是戰後的 50 冬，主流文學家的審美觀點是「醜穲[11]的」，作品所表現的風景攏是亂雜的、扭曲的，甚至認定空無、滅亡才是媠。比論講，七等生[12]描述的通霄溪河風景變做沙石暴露、溪水焦涸[13]；施明正[14]的外境變做鐵鍊監牢、烏暗無光。

---

6. 林占梅：Lîm Tsiàm-muî，1821-1868，家族原居臺南，後遷居竹塹（新竹），文武雙全的富豪子弟。曾任全臺團練大臣，並助平戴潮春民變。留有詩集《潛園琴餘草》。

7. 潛園：Tsiâm-hn̂g，由林占梅於清朝時期所建，位於竹塹城西門內。曾被譽臺灣四大庭園之一。現已不存。

8. 楊逵：Iûnn Kuî，1905-1985，本名楊貴，生於臺南新化。臺灣小說家、社會運動者。曾創刊《臺灣新文學》、《一陽週報》等刊物。1949 年因起草〈和平宣言〉被捕，判處 12 年徒刑。〈壓不扁的玫瑰花〉（原名〈春光關不住〉）於 1976 年收錄於國中國文教科書。

9. 散赤：sàn-tshiah，貧窮、窮困。

10. 呂赫若：Lū Hik-jio̍k，1914-1951，本名呂石堆。生於臺中潭子。臺灣小說家、聲樂家、劇作家。曾任《人民導報》記者，戰後初期曾主編《光明報》。於 1951 年參與鹿窟事件期間喪生。

11. 醜穲：tshiú-bái，醜陋、慘淡、可憎。

臺灣三百冬這種文學史的審美觀點，已經完成第一期的「春、夏、秋、冬」的循環，等待後一个「新春天：壯麗審美觀點」的循環閣再轉來，也就是公元 2000 年後的新開始。公元 2000 年後的這个時代，文學外境書寫閣出現壯麗的審美風格。比論講，最近的臺灣歷史長篇小說寫作，臺灣海峽的海水佮山脈又閣變做予人描寫的對象，真濟小說的英雄有時佇大洋頂面千里航行，絕地求生；有時佇千尺山嶺，勇敢戰鬥。

　　所有遮的無全款時代的文學審美觀點，起造 15 出一部臺灣人共同的文學美學史，若咱有明白遮的，才會當知影真真正正的臺灣人的歷史。

---

12. 七等生：Tshit-tíng-sing，本名劉武雄，生於苗栗通霄。臺灣現代主義代表作家。代表作品包括〈我愛黑眼珠〉、〈沙河悲歌〉、〈重回沙河〉等，其中〈沙河悲歌〉曾改編為電影。2010 年獲頒國家文藝獎。
13. 焦涸：ta-khok，乾涸。
14. 施明正：Si Bîng-tsìng，1935-1988，小說家、詩人、藝術家。1961 年，受弟施明德影響，被以叛亂罪判刑五年。1988 年，聲援施明德的絕食行動亦自行絕食，後因肺衰竭致死。小說〈喝尿者〉與〈渴死者〉皆獲吳濁流文學獎。
15. 起造：khí-tsō，建構、打造。

導讀

　　文學是處理人佮外境關係的一門學問，文學作品攏會描寫著人所面對的外境，所精差的只是遮的外境，有百花盛開、萬象淒涼，或者是萬里青山、千尺白雪的分別爾爾。

　　一般人較濟是「心隨境轉」的人，若是接觸美麗的外境，心情就開朗；接觸著悲慘的外境，心情就暗淡。作家卻是顛倒反，個是「境隨心轉」的人，歡喜的時，會當共千里荒野寫做萬里花園；憂悶的時，會當共繁華世界寫做世界末日。杜甫講：「感時花濺淚，恨別鳥驚心」，就是作家描述外境的基本秘密。

　　所致，作家心內濟濟款無意識的心情，就代先決定文章的外境寫法，結局，外境只不過是伊美感意識的向外表現爾爾。因為按呢，一陣時代的主流作家因為關心族群、國家的現狀佮未來，致使個對時代有共同的集體無意識，這就會控制規个時代主流文學家的外境描寫。就是講，一個時代的主流文學家攏有個彼時代共同性的美感意識，這款共同性的美感意識，決定彼个時代的外境描寫，予逐時代有無仝的光景。

作者

　　宋澤萊（1952-），出世佇雲林縣二崙鄉，自
1976 年對臺師大歷史系出業了後，就佇彰化縣福興
國中教冊，2007 年退休，是戰後臺灣本土意識佮新
文化運動重要的推捒者。大學期間就完成三部現代
主義的小說作品，1975 年以「打牛湳村」系列寫出
一代臺灣人共同的記持佮鄉愁，成做「鄉土文學論
戰」末期大大刺激臺灣文壇的新生代作家之一。退
伍了後，以自然主義的手路寫出《蓬萊誌異》；解
嚴前後的《廢墟台灣》、《血色蝙蝠降臨的城市》
等作品，對臺灣的歷史、文化、政治、環境，攏有
真深刻的批判佮反省。《誰怕宋澤萊》、《宋澤萊
談文學》、《台灣文學三百年》、《台灣文學三百
年續集》 等冊，對臺灣的文學提出真濟無仝文類的
思考觀點。2013 年得著第 17 屆國家文藝獎。

做伙想看覓

1. 你感覺啥物款的作品才通講是「媠」的文學？
2. 你所讀過印象較深刻的作品有佗幾篇？你認為個屬佇佗一款季節？

語句製造所

1. 比論講……

   例：白板筆嘛有真濟色緻會當揀，比論講水色、烏色、紅色、黃色、青色、柑仔色。

2. 若咱有……才會當……

   例：若咱有認真去學、拍拚去做，三冬後才會當真正出師。

文章的園

請用閩南語簡單寫你認為上媠的物件（200 字）。

延伸的學習

文字

1. 陳建忠、應鳳凰、邱貴芬編，《台灣小説史論》，麥田，2007 年。
2. 王德威編選、導讀，《台灣：從文學看歷史》，麥田，2009 年。
3. 葉石濤，《台灣文學史綱》（註解版），春暉，2010 年。
4. 陳芳明，《台灣新文學史》，聯經，2011 年。
5. 宋澤萊，《台灣文學三百年　續篇》，前衛，2018 年。

影音

1. 張勇志導演，電影《沙河悲歌》，2000 年。
2. 曾麗壎導演，紀錄片《從打牛湳村悄然而來的驚雷作家：宋澤萊》，
    2003 年。
3. 河洛歌仔戲，《竹塹林占梅 — 潛園風月》，2005 年。
4. 楊逵文教協會，《春光關不住 — 楊逵紀念特展紀錄片》，2016 年。
5. 客家電視台戲劇，《台北歌手》，2018 年。

第三課

力量

力量對[1]佗來？
毋是咬齒根，毋是捶胸坎
毋是去怨嘆，毋是流目屎

力量對佗來？
毋免去咒誓[2]，毋免家己死
毋免去刣人[3]，毋免見著血

力量對佗來？
啥物都毋免做
干焦輕輕仔
但是堅定來講一句「無愛[4]！」

三五个講，無的確[5]無啥物
但是，假使幾萬人
幾十萬人、幾百萬人
同齊[6]講一句：「無愛！」

---

1. 對：tuì，從。
2. 咒誓：tsiù-tsuā，發誓。
3. 刣人：thâi-lâng，殺人。
4. 無愛：bô ài，合音唸作 buaih，不要
5. 無的確：bô-tik-khak，説不定。
6. 同齊：tâng-tsê，一起、一同。

啊！
干焦請你輕輕仔
但是，愛堅定
請你講一句：「無愛！」

啊！
好好仔保重你的性命
愛惜你的性命
等到彼个時陣若到
請你講一句：「無愛！」

導讀

　　這首詩是對《蕃薯詩刊》第三集（1992 年）摘出來的。林亨泰家己講家己是「跨語言世代的詩人」，佪彼个世代佇日本時代接受日語教育，戰後又閣因為國語的轉換，著重新學華語。為著克服語言的阻礙，林亨泰的詩作，自初期語言佮意象就攏真簡明、精練，這款詩風也接紲到後期的創作。〈力量〉是佇 1987 年解嚴前後所寫，斯當時是臺灣民主運動當衝的時代，社會上不時有爭取權益的抗爭活動。這首詩展現詩人的意致，伊認為面對威權佮社會的不義的時，若是眾人有覺醒、心志堅定，就會當改變社會。詩的前兩段先講抗爭有真濟形式，紲落來就共詩人的解決之道鋪排出來。前後對比，有明白照影出一个道理：真正的改革力量，正正是出佇社會多數人的理性選擇。這首詩的步調在穩定著，用重複的節奏、辯證式的手勢，沓沓開展出詩人的主張。

作者

　　林亨泰（1924-），是臺灣重要的詩人佮評論家。1947 年讀臺灣省立師範學院（現時的臺師大）的時加入「銀鈴會」，開始創作現代詩。1956 年參與「現代派運動」，用伊特別的前衛詩風，成做臺灣現代主義潮流的前軍。1964 年現代主義的湧勢達到高潮，林亨泰佮幾若位詩人做伙創辦《笠》詩刊，焉頭共現代詩的視野遮轉來臺灣鄉土。1970、80 年代，臺灣的民主社會運動搖天動地，伊也投入社會佮政治批判，發表濟濟剾洗時政的詩作。較有歲了後予病疼拖磨，對性命有閣較深的體悟，伊的詩藝也閣蹛入去另外一个新境界。伊捌得著第 8 屆國家文藝獎、第 40 屆吳三連文學獎，代表作品有《長的咽喉》、〈非情之歌〉51 首組詩、《爪痕集》、《生命之詩──林亨泰中日文詩集》。

做伙想看覓

請分享自細漢到這馬，捌拄過啥物代誌，是你足無想欲做，毋過無做袂用得的？

語句製造所

啥物都毋免……，干焦……
例：啥物都毋免煩惱，干焦堅心一直做落去，一定會進步。

文章的園

請用閩南語試寫一首寫光景的詩（10 逝）。

延伸的學習

文字

1. 呂興昌編，《林亨泰研究資料彙編》，彰化文化中心，1994 年。

2. 林巾力著，《福爾摩沙詩哲：林亨泰》，印刻出版，2007 年。

3. 張我軍等著，《春風少年歌：日治時期臺灣少年小說讀本》，文訊雜誌社出版，2018 年。

4. 陳明台，《逆光的系譜：笠詩社與詩人論》，前衛出版，2015 年。

影音

1. 曾麗壎導演，紀錄片《現代派本土詩人林亨泰》，2003 年。

2. 陳育青導演，紀錄片《我的人權之旅》，2008 年。

3. 陳麗貴導演，紀錄片《火線任務》，2008 年。

4. 陳育青導演，紀錄片《公民不服從》，2013 年。

石頭所記憶的代誌

千萬年前的火山噴出
金iànn-iànn的熔岩1
積做山
滴落海
今2變成做冷冷的
烏色大山大石

日光照
雨水沃
青翠的樹木佮草葉
為石山蓋一領綠色的被

海水佇石頂刻出時間痕跡
南島民族的跤步寫佇石壁
漢人敲石頭來起做厝宅
淺淺的塗嘛會生產作物

---

1. 熔岩：iûnn-giâm；熔岩。
2. 今：tann，現在、現今。
3. 湠：thuànn，這裡用法同「生湠」（senn-thuànn），繁衍之意。
4. 遷徙：tshian-suá，遷移。
5. 總是：tsóng--sī，聲調不同於「tsóng-sī」，表轉折語氣，「但是」、「可是」。
6. 變成做：piàn-tsiânn-tsò，變成、成為。

石頭會記得
性命恬恬咧渻[3]
人群慢慢遷徙[4]

總是[5]啊—
有一日
敲石仔的勞動變成做[6]一款處罰
欲將追求自由的人關起來改造
直到人
失落家己的意志
無閣知影家己是一个人

石頭會記得壓迫的故事
失去尊嚴的反抗者用家己的雙手
敲石頭
起牆仔
用來關家己

千萬年前的火山熔岩
佇時代悲劇的大海中
化做一滴
酸苦的綠色珠淚

敲石頭的勞改成做[7]過去
壓迫者的政權無閣展威[8]
營房佮紀錄散佇歷史的海
只有規堆的石頭咧做見證
為著自由民主付出的代價

猶閣
冷冷的大石有溫暖的記持
花草遍滿海邊山坪[9]
性命恬恬咧淀
人群慢慢遷徙

---

7. 成做：tsiânn-tsò，成為。
8. 展威：tián-ui，呈現威風強勢。
9. 山坪：suann-phiânn，山坡地。

導讀

　　這首詩寫佇 2006 年，是三首「火燒島筆記」系列詩之二，收佇詩集《檸檬蜜茶》。

　　綠島佇臺灣島東南方，面積大約 16 平方公里，離臺東有 33 公里，在地人自來就共叫做火燒島。幾若千萬年前，火山噴發的火山烌佮流動的熔岩，塑造現今的綠島面貌，咱通佇遮看著烏色的石頭，有的成做山，有的予海湧拍甲全全空。這首〈石頭所記憶的代誌〉若像是咧寫景，其實是咧寫歷史，對捌蹛佇島上的南島民族原住民，講到後來徙來遮講閩南語的臺灣人，總是，作者真正欲講的，佇詩的後半段，講著一陣人身不由己予人送來，拍石頭做圍牆佮牢房來關家己，這是咧講中華民國政府 1951 年佇遮成立專門欲「改造」政治犯的「新生訓導處」。1949 年戰輸中國共產黨走來臺灣的中華民國政府，透過戒嚴佮動員戡亂體制，限制人民基本自由，逮捕濟濟共產黨嫌疑者，共真濟無辜的人判死刑，嘛共一寡人送去火燒島進行勞動改造。石頭所記憶的，會用得講是酸苦的歷史。

作者

　　王貞文（1965-2017），女性，嘉義人。嘉義女中、東海大學歷史系、臺南神學院畢業，捌去德國畢勒費（Bielefeld）的伯特利神學院（Kirchliche Hochschule Bethel）進修。伊是長老教會牧師。捌佇新竹大專中心、香山教會做傳道，回國了後佇臺南神學院教冊。留學德國期間開始用閩南語創作，作品包括詩、散文、小説。捌著王世勛文學新人獎、K氏台灣青年人文獎、李江却基金會台語小説獎、海翁台語文學獎。2006年出版閩南語小説集《天使》，2015年出版閩南語詩集《檸檬蜜茶》。作品關心臺灣社會佮歷史，呈現女性意識，溫暖幼路，嘛讀會出內面浸透透的基督教精神，是長老教會本土神學的文學表現。

做伙想看覓

請逐家上網查「綠島人權園區」的資料，想看覓仔假使你予人掠去遐，變做政治犯，你會按怎想、按怎做咧？

語句製造所

請試看覓仔佇全一句話內底，用兩个意思倒反的形容詞，來呈現對比的感覺。
例：這糖仔的外殼有硞硞，內底的牛奶餡軟蚁蚁，口味閣袂稞。

文章的園

請用新體詩試寫某一位仔的代誌，會當是歷史事件，嘛會使是生活中的經驗。

延伸的學習

文字

1. 國家人權博物館主編，《無論如何總得找條活路才行的：臺灣人權暗黑旅誌》，國家人權博物館出版，2020 年。
2. 柯旗化，《台灣監獄島：柯旗化回憶錄》，第一出版社出版，2008 年。
3. 幸佳慧，《希望小提琴》（含歷史背景小冊 + 影音光碟〈新生：陳孟和先生訪談實錄〉），2012 年，小天下出版。
4. 楊逵，《綠島家書：沉埋二十年的楊逵心事》，大塊文化出版，2016年。
5. 郭振純著，陳玉珠繪，繪本《綠島人權燈塔》，前衛出版社，2018 年。

影音

1. 陳麗貴導演，紀錄片《青春祭》、滕兆鏘導演，紀錄片《白色見證》，財團法人陳文成博士紀念基金會，2002 年。
2. 江國梁導演，紀錄片《白色王子》，2014 年。
3. 萬仁導演，電影《超級大國民》，1994 年。
4. 洪隆邦導演，紀錄片《綠島的一天》（上、下），2009 年。
5. 何信翰，短片《台語聽有無》（世界母語日單元），鏡新聞，2022 年。
   https://youtu.be/VfLvCP0R8ww

第四課

慣性座標系統

　　坐火車的時，定定會拄著幾若台車攏暫時停佇月台邊。我做囡仔的時陣，見若有這个都合[1]，目睭就會金金相窗仔外口對面彼台火車，看伊佮咱是佗一台火車會先起行[2]。有當時仔看咧看咧，煞感覺家己坐的這台火車袂輸[3]咧倒退攄，目睭對月台小眇[4]一下，才發現月台並無振動。閣斟酌[5]看，就知影其實是對面彼台火車已經起行向前，離咱的車愈來愈遠去矣。咱若掠準彼台火車無咧振動，就會認為咱這台車咧 bá-khuh[6]。一般來講，咱欲判斷家己是毋是有咧振動，總是需要一个咱掠準無咧振動的物件通做參考。

　　咱若是想欲量看火車咧走有偌緊，會當佇月台頂面揀兩個點，用尺量兩點的距離，閣來，派兩個人，一人紮一粒時鐘，顧一个點。火車經過頭前的時，隨人[7]就隨共時間記落來。兩个人記的時間相減，就知影火車行過的時間有偌久。用這個時間去除兩點的距離，就會得著火車咧走的速度。

　　設使有囡仔佇火車內底咧走，咱想欲知影彼个囡仔是走偌緊，嘛會當用全款的法度，佇火車頂懸揀兩个點，量兩點的距離，了後

---

1. 都合：too-ha̍p，日語借詞（つごう），指時間、地點等條件的配合狀況。
2. 起行：khí-kiânn，啟程、出發。
3. 袂輸：bē-su，好比、好像。
4. 眇：siam：瞄、偷看、瞥見。
5. 斟酌：tsim-tsiok，仔細地。
6. bá-khuh：源自日式英語的日語借詞（バック），倒退之意，
7. 隨人：suî-lâng，各自。

記錄囝仔經過這兩个點的時間，按呢就有法度算速度出來，毋過佇車內算出來的，是車內面的人看著的速度；若是月台頂的人用仝款的法度來量，量著的時間會較短，也就是車外口的人看著囝仔咧走的速度會較緊。

閣來，比論講囝仔若是佇車裡坐咧，車內底的人當然就認為伊無咧振動，毋過徛佇路邊咧看火車駛過的人，會認為囝仔佮火車攏咧走徙[8]，而且平緊。咱斟酌共想，設使火車用相對地球來講的一个固定速度咧行，啊咱取車內的一項物件來量速度，不管這項物件有咧振動無，車頂的人量出來的速度，佮徛佇路邊的人量出來的，兩个數字的精差[9]，拄拄[10]就會是火車的速度。

地球佮速度固定的火車攏是「慣性座標系統」的例。慣性是講無受著外力的物件，會親像慣勢按呢，繼續維持伊的狀態。可比原本無振動的球，若無受外力就永遠袂振動（速度維持佇零）；自底[11]就咧行的火車，若無閣有外力共影響，就會維持固定的速度直直去。無咧振動佮用固定速度咧行的物[12]，咱攏會使提來做慣性座標系統。

咱若欲量速度，著愛代先揀一个慣性座標系統來做對比。慣性座標系統無分好穩，咱只要知影兩个慣性座標系統相對的速度，用第一个系統量測的結果，就會當算出佇第二个系統量測應該愛有的結果。

---

8. 徙：suá，移動。
9. 精差：tsing-tsha，相差、差異。
10.拄拄：tú-tú，剛好、正好、恰好。
11.自底：tsū-té，原本、向來。
12.物：mih/mn̍gh，東西。

導讀

　　位置佮速度毋但是日常生活內底四常會講著爾爾，這兩个觀念閣牽涉著物理學、天文學真濟研究的定義佮操作，比論：慣性座標系統。這篇文章對咱坐火車的經驗講起，講到按怎量速度，了後引入相對速度佮慣性的觀念，來解說啥物號做慣性座標系統，予咱透過簡單的例，進一步通了解較抽象的概念。另外，雖然這篇文章是咧講物理學，毋過，咱會當透過伊了解一寡科學名詞的閩南語講法，嘛予咱佇生活當中，通去思考無仝領域的物件，按怎應用佇閩南語，用閩南語來理解佮說明。

作者

　　陳柏中（1971-），聖地亞哥加利福尼亞大學
（University of California San Diego）物理博士，
目今是國立清華大學的物理系教授，伊的學術專長
是凝體物理的理論，佇研究上定定結合電腦運算，
所以對電腦資訊真熟手，嘛因為按呢，伊長期關心
臺語文資訊化的議題。從到今，伊捌參與的工課包
括：申請白話字的葫蘆點進入 UNICODE 編碼標準、
申請成立台語／閩南語版的 Wikipedia、協助設計
佮管理信望愛台語客語輸入法等等。

做伙想看覓

1. 請試用閩南語解說是按怎佇火車外口看火車咧行，會比佇火車內底的人，感覺踮火車內底咧走的囡仔走著較緊？
2. 學校內底，有啥物物件會用得做「慣性座標系統」咧？是按怎？

語句製造所

1. 見若……，……就會……
   例：見若熱人的暗頭仔，大漢阿伯就會攑一支葵扇坐佇樹仔跤 nà 涼。
2. ∨ 咧 ∨ 咧
   例：坐這高山火車按呢幌咧幌咧，毋免行甲跤痠嘛會當來佇山頂。

文章的園

請用閩南語簡單寫一个向時拄著想袂曉，大漢了後才知影是按怎的經驗（200字）。

延伸的學習

文字

1. 加莫夫・史坦納德（George Gamow, Russell Stannard）著，但漢敏譯，《物理奇遇記：湯普金斯先生的相對論及量子力學之旅》，貓頭鷹，2020年。

2. 史蒂芬・霍金、雷納・曼羅迪諾（Stephen Hawking、Leonard Mlodinow）著，郭兆林、周念縈譯，《新時間簡史》，大塊文化，2012年。

3. 愛因斯坦（Albert Einstein）著，李精益譯，《相對論入門——狹義和廣義相對論》，臺灣商務，2005年出版。

影音

1. 克里斯多弗・愛德華・諾蘭（Christopher Edward Nolan）執導，電影《TENET 天能》，2020年。

2. 布蘭儂・布拉加（Brannon Braga）等執導，記錄片《宇宙大探索》（Cosmos: A Spacetime Odyssey），福斯廣播公司及國家地理頻道製作，2014年。

3. 詹姆士・馬許（James Marsh）執導，電影《愛的萬物論》（The Theory of Everything），2014年。

4. 科技部，YouTube 頻道「科普新視界」，連結：https://www.youtube.com/channel/UCWWBL-WFsEcHI_V0XaOsANQ 。

5. 麥可・史蒂芬（Michael Stevens）等製作，YouTube 頻道「Vsauce」，連結：https://www.youtube.com/user/Vsauce/featured。

6. 何信翰，短片《台語聽有無》（NFTs 單元），鏡新聞，2022年。https://youtu.be/j_WWMxauVGE

第五課

看無 [1] 對敵 [2] 的戰爭——
速記福島景緻 [3]

2012 年，我頭一遍去福島，佇福島第一核電廠 20~30 公里外的幾若個庄頭，見證災難留落的痕跡。佇遐，建築物東倒西歪，四界攏看會著貯 [4] 除染 [5] 廢棄物的烏色囊仔。佇遐，一塊「禁止入去」的牌仔，共本來有來有去、全庄頭的人拆做兩爿；農漁民物件賣袂出去，憂頭結面；仝一家伙為著走抑毋走，冤家量債 [6]。真明顯，災難帶來的傷害毋是死傷人數爾爾，閣有較深層的物件。

有一个戰地記者豐田直巳 [7] 形容講：「這根本是一場戰爭！」雖然伊講的毋是干焦表面上的混亂，猶有較深的含意。毋過我確實是按呢感受，而且這場戰爭的對敵是看無、鼻無、捎無的輻射，以及因為按呢來產生的無理解，所以狀況閣較複雜。豐田先生捌採訪一位徛家離核電廠大概 30 公里遠的女士，這位女士頭起先無僥疑軍方 [8] 的講法，致使延著 [9] 離開的時機，一直到豐田共講儀器測出來的數字真懸 [10]，伊才知影代誌大條，

---

1. 看無：khuànn-bô，看不到、看不見。
2. 對敵：tuì-tik，敵人。
3. 景緻：kíng-tì，風景。
4. 貯：té，裝、盛。
5. 除染：tû-jiám，日語借詞（じょせん），指發生輻射・汙染時，為降低生活空間的輻射劑量，將附著到放射性物質的東西清除。於福島進行的除染，實際上就是挖土、除草、以抹布擦拭屋瓦等。也因此產生廢土等廢棄物。
6. 冤家量債：uan-ke-niû-tsè，吵架吵不停。
7. 豐田直巳（Toyota Naomi；Hong-tiân Tit-sū）：攝影記者，過去主要在中東地區採訪，亦曾至車諾堡（Chernobyl）採訪，東日本大地震後的第二天，就進入災區採訪，至今也常前往福島。

趕緊疏開 [11]。原來政府早就掌握狀況，煞攏掩崁事實。莫怪豐田先生講：「拄著戰爭抑是核災，先受著保護的是國家，毋是國民。」

佇過去，日本民眾予人教育講核電是新科技、百面好、無敗害，掛佇雙葉町的一塊看板「核電是光明未來的能源」，就是這號「安全神話」的證據。其實科技定著有副作用，只是逐家攏想袂到伊的副作用是遐爾大。2015 年，彼塊看板已經予人剝 [12] 落來，雖然有袚少人主張愛留落來做負面教材才著。

受傷的福島，會沓沓復原。總是，也著面對除染後的廢塗欲徙去佗、濫摻 [13] 放射性物質的汙水欲按怎處理等等歹紡 [14] 的問題。臺灣嘛踮佇地動帶，發生核災的可能性毋是無，凡勢也有和看袚著的對敵捽拚的時陣。天災袚得走閃，事故僫逆轉，上無，就近的經驗，咱愛得著教示。

---

8. 軍方：日本無正式軍隊，僅有類似機能的自衛隊。
9. 延著：tshiân-tiòh，致使延遲、錯過了。
10. 當時所測的數字是 500 微西弗／時，意思就是，2 個小時內就已達到日本災前所規定的一年可接受的量 1 毫西弗／時。
11. 疏開：soo-khai，日語借詞（そかい），原是為躲空襲時而遷離市區的用語，後被慣用作為撤離、疏散之意。
12. 剝：pak，拆除。
13. 濫摻：lām-tsham，夾雜。
14. 歹紡：pháinn-pháng，棘手。

導讀

　　福島縣屬佇日本的東北地方，面積大略是臺灣本島的三份一，沿海地方土地瘦真欠發展，福島第一核電廠所徛的雙葉町，早前予人講做是「福島的西藏」。第二次大戰結束了後，佇美國的引㧎佮宣傳之下，予核武攻擊過的日本開始推揀核電。起頭因為國家佮專家攏頓胸坎保證安全，真濟地方政府就表達歡迎，福島縣就是其中之一。彼陣，逐家相信核電廠會增加地方的就業機會，國家的補助金會當帶動地方發展。毋過，因為電廠加減攏有發生意外事故，而且中央政府的補助金有時有陣，無法度永遠倚靠，自按呢，質疑的聲音沓沓淡開。

　　2011 年 3 月 11 的福島第一核電廠事故，雖然位置是佇福島縣內，毋過輻射袂受著人為的地理界線束縛，所以鄰近的幾若个縣，包括東京嘛攏會使講是災區。日本政府救災的態度佮做法真有爭議，比論講輻射劑量猶未降到災前程度，就欲解除避難指示，趕人轉去；拍算欲共輻射汙水排入大海，嘛引起世界各國的反對。了解福島，嘛予咱思考臺灣的能源問題，佮咱想欲按怎發展的未來。

作者

　　陳威志（1980-），佇臺南府城出世大漢，日本一橋大學社會學博士候選人。政治大學畢業，主修政治學、哲學，長期關心主權、語言佮環境議題的社會運動。捌佇寶島新聲電台主持過節目，用閩南語評論時局佮政治，也佇環保團體綠色公民行動聯盟做過工課，了後去日本留學，那讀冊那促成臺日兩國以環境議題為主的交流抑學習。捌翻譯日本歷史社會學家小熊英二的著作《如何改變社會》（社会を変えるには）、《福島十大教訓》；參與 311 了後的日本市民社會變化的研究，相關的成果有收佇《脫原発をめざす市民活動——3.11 社會運動の社会学》、《台湾を知るための 60 章》。

做伙想看覓

1. 咱攏有上過防災的課程，請試用閩南語說明地動的時，咱愛按怎做？
2. 你敢知影臺灣有幾種發電的方式？你認為佗一種發電方式較好？是按怎？

語句製造所

1. 佇遐……
   例：佇遐，四圍面攏是山佮樹仔，空氣無受著汙染，予人感覺足快活。
2. 凡勢……
   例：伊這幾禮拜攏無來上課，凡勢是厝裡有啥物代誌。

文章的園

蹛佇臺灣，加減會搪著地動。請用閩南語簡單寫一篇家己搪著地動經驗的短文（200 字）。

延伸的學習

文字

1. 宋澤萊，《廢墟台灣》，草根，2006 年。

2. 何明修，《綠色民主：台灣環境運動的研究》，群學，2006 年。

3. 黃榮村，《台灣 921 大地震的集體記憶（921 十周年紀念）》，印刻，2009 年。

4. 陳弘美著，《日本 311 默示：瓦礫堆裡最寶貝的紀念》，麥田出版，2012 年

5. 伊格言，《零地點》，麥田，2013 年。

6. 綠色公民行動聯盟，《為什麼我們不需要核電：台灣的核四真相與核電歸零指南》，高寶出版，2013 年。

7. NHK 特別採訪小組編著，崔立潔譯，《311 的釜石奇蹟：日本大地震中讓孩子全員生還的特別課程》，行人，2018 年。

影音

1. 廖錦桂導演，紀錄片《慶塘伯的十四個夏天》，2002 年。

2. 崔愫欣導演，紀錄片《貢寮你好嗎？》，2004 年。

3. Thomas Johnson 導演，紀錄片《搶救車諾比》，2006 年。

4. Michael Madsen 導演，紀錄片《核你到永遠》，2010 年。

5. 蔡宇軒導演，紀錄片《北海老英雄》，2013 年。

6. 園子溫導演，電影《希望之國》，2013 年。

7. 久保田直導演，電影《家路》，2014 年。

8. 若松節朗導演，電影《福島 50 英雄》，2020 年。

9. 何信翰，《台語聽有無》（發電／藻礁單元），鏡新聞，2022 年。
   https://youtu.be/5vi5vTV0TuU

第六課

現在的平埔族佮阿美族（節錄）

　　宜蘭的平埔族，本有 36 社。40 外年前，個的人額[1] 不止濟，教會也真興起。彼霎個真富裕，因為有「公租」、「私租」通收。就是舊政府[2] 的時代，有特別款待。因為有這款「番租[3]」通收，有人免啥物做工，猶原會得生活。到新政府[4] 領臺了後，經過十數年，就這款的「番租」共伊廢無[5]。有用公債券來補助。可惜個袂曉保守，經過無幾年，就攏無去。對按呢，個的生活較困難，姑不將著四散，四界去揣頭路，對按呢，逐社的人數漸漸較少，有的賰 10 數戶，有的賰 5、6 戶，有所在攏無。

　　為著生活上的關係，個的查某囝較愛嫁漢人，所以予漢人佮內地人娶真濟去。對按呢，個的生湠[6]，直直減少，所以現在的平埔族較少。現在所存在宜蘭的平埔族，大部份是遷徙佇東部。總是佇基隆、臺北也有。東部第一濟的所在，就是佇花蓮港街附近的地方，第二是佇臺東街附近，抑玉里庄、馬太鞍、鯉魚尾攏有。閣一部份是徛起佇東部的沿海，對鹽寮坑透[7] 到大尖石，照我所知，有百外戶。

---

1. 人額：lâng-giảh，人數、人口。
2. 舊政府：kū-tsìng-hú，此指清治時期。
3. 番租：huan-tsoo，亦稱社租。清領時期，番地開墾，由番社將其所有荒埔及屯弁丁承領的養瞻埔地，給墾於漢人，並由漢人按租率繳交租金或穀物給原住民的制度。作者由當時制度推論原住民較懶惰，是作者的主觀評斷，讀者應小心明察。
4. 新政府：sin-tsìng-hú，此指日治時期。
5. 廢無：huè-bô，廢除。
6. 生湠：senn-thuànn，繁衍。
7. 透：thàu，延伸。

阿美族，就是踮佇東臺灣徛起的原住民。對洄瀾港到臺東，一逝[8]平洋[9]以及沿海邊，四界攏有「低山番」的阿美族咧徛起，論個的生活，全部是耕農，袂曉做生理，查埔的，有時愛掠[10]；查某的，攏著作穡。

　　論教育，官府佇逐所在攏有共個設公學校，閣佇逐个番社有設夜學，予少年的男女學國語，個真歡喜[11]學國語，會講國語的少年人較濟，會講漢語的真少。

　　論個的起厝，本是細仔間，厝內用藤、菅蓁縛箅仔[12]做khàng床[13]，中央留一个空地通起火烘燒；現在咧改正[14]，漸漸咧起東洋式、窗仔門、玻璃堵挩門[15]。總是外面看親像東洋式，內面煞無成。總是到這站就咧欲危險啦，個平時是真儉，總是已經有人厝起真爽[16]，食穿極優等的，無幾年的中間，田攏賣去，厝也綴賣去，家伙攏開了了，驚了[17]後來也會濟濟人親像按呢。

---

8. 一逝：tsit-tsuā，一長條，指臺灣花東縱谷平原狹長南北縱走的型態。
9. 平洋：pîng-iûnn，現多讀為 pênn-iûnn，平原、平地。平坦廣闊的原野。
10. 掠：liàh，打獵。
11. 歡喜：huann-hí，現多用在高興、開心之意，此指喜歡。
12. 箅仔：pín-á，竹篾，也指竹篾編成的器物。
13. khàng 床：khàng-tshn̂g，一種可燒柴取暖的床台。
14. 改正：kái-tsìng，日語借詞（かいせい），指日治時期後各種制度上的改變、變更。
15. 玻璃堵挩門：po-lê-tóo thuah-mn̂g：玻璃式的拉門。「玻璃堵」是門或窗戶用以裝置玻璃的框。
16. 爽：sóng，舒適。
17. 驚了：kiann-liáu，恐怕。

論宗教，個所服侍的，較要緊是祖公[18]，逐擺若收冬[19]了後，就通社聯合食酒跳舞，紀念個的祖公，也表明感謝造物主，有的有服侍鹿頭抑是豬頭。佇玉里支廳管內的阿美族，個的厝內較濟有祀[20]神社，也佇濟濟的庄頭有起神社，嫁娶的時，就去神社參拜，警察官立會[21]，親族也攏綴去看，按呢做結婚式[22]；葬式[23]也有的請和尚來唸經，已經有阿美族的人做東洋式的和尚，常常予人請去赴葬式。

18.祖公：tsóo-kong，祖先。
19.收冬：siu-tang，農作物收成。
20.祀：tshāi，設立神佛、祖先牌位。
21.立會：lip-huē，日語借詞（たちあい），作為見證者而出現於該場所。
22.結婚式：kiat-hun-sik，日語借詞（けっこんしき），結婚典禮。
23.葬式：tsòng-sik，日語借詞（そうしき），喪禮。

導讀

　　本文原底佇 1935 年的北部臺灣教會公報《芥菜子》連載。原文用教會羅馬字來寫，通知作者本人的腔口較倚泉州腔，譬論講「綴」是寫做 tè。作者講是讀著前一冬 12 月號的教會報內面一篇替平埔族辯解的文章，心肝真受感動，才會寫這篇。伊有講著平地阿美族彼當時較倚佇山跤、人叫個是「低山番（kē-suann-huan）」，也講著「懸山番（kuân-suann-huan）」的阿美族有刺面佮剉人的風俗，但是「低山番」無。

　　文中的「內地人」是指當時蹛佇臺灣的日本人，「國語」就是日語；「漢語」佇遮是指閩南語（Hō-ló 話）。也有講著真濟舊地號名，親像「玉里庄（Giȯk-lí-tsng）」是花蓮的玉里鎮，「馬太鞍（Má-thài-an）」部落名源自阿美族語 Fata'an，佇光復鄉；「鯉魚尾（Lí-hî-bué）佇壽豐鄉，「鹽寮坑（Iâm-liâu-khenn）」佇壽豐鄉的鹽寮村，「大尖石（Tuā-tsiam-tsiȯh）」是大尖石山，也號做墾丁大尖山；「洄瀾港（Huê-lân-káng）」就是花蓮港。

　　1930 年代的臺灣已經沓沓現代化，毋過一般社會對原住民猶有野蠻、無文明的印象，總是佇文中嘛通略仔感受著作者對弱勢族群的觀察佮關懷。另外，也通看著清國時代到日本時代的期間，臺灣社會內部，無全族群中間的競爭、交流佮融合的狀況，閣有受著外族統治了後，以及族群中間互相影響所產生的生活、教育、建築、信仰等等的社會變遷。

作者

　　林清廉（1878-1961），臺北出身的基督教長老教會牧師。Kha-ná-tah 的長老教會牧師馬偕（George Leslie Mackay，1844-1901）佇 1872 年 3 月來到臺灣北部傳教，伊佇淡水頭一擺舉行洗禮的時，領洗的五个臺灣人其中一个，就是林清廉的老爸林孽，伊綴馬偕佇北臺灣共人醫病、傳教。林清廉自囡仔時就佇基督教的環境大漢，老爸佇伊 16 歲的時過身，了後伊就入淡水牛津學堂接受神學教育到 20 歲。後來捌擔任傳道師、牧師，佈道的所在包括叭哩沙（宜蘭三星）、花蓮玉里、觀音山、大庄、瑞穗、花蓮港等地。

做伙想看覓

1. 位文章內面，咱通知平埔族佇百外冬前就已經沓沓仔漢化，你認為咱佇現代社會，會當按怎閣重新思考「消失的平埔族」對咱臺灣人的意義？
2. 雖然原住民的文化猶保留真濟，毋過會曉講原住民族語的人已經真少，若你是政府官員，會想欲按怎解決這個問題？

語句製造所

1. 免啥⋯⋯，⋯⋯猶原⋯⋯
   例：伊考試進前攏免啥準備，猶原提著好的成績。
2. 為著⋯⋯
   例：往過，有真濟查某人為著厝裡散赤，放棄讀冊的機會，真少年就愛去做女工。

文章的園

請用閩南語簡單寫一篇關係家己的族群經驗（包括原住民、新住民、移工⋯⋯等）的短文（200字）。

延伸的學習

文字

1. 孫大川，《夾縫中的族群建構：台灣原住民的語言、文化與政治》，聯合文學，2010 年。
2. 國家圖書館、小魯文化企劃，六十七繪，《那些人，那些事，在寶島：臺灣平埔族生活圖誌》，小魯文化，2011 年。
3. 伊能嘉矩著，楊南郡譯，《台灣踏查日記（上、下）》，遠流，2012年。
4. 伊能嘉矩著，楊南郡譯，《平埔族調查旅行》，遠流，2012 年。
5. 方惠閔等著，《沒有名字的人：平埔原住民族青年生命故事紀實》，游擊文化，2019 年。

影音

1. 陳文彬導演，《回家的路》紀錄片，財團法人九二一基金會，2002 年。
2. 木枝‧籠爻（潘朝成）導演，《吉貝耍與平埔阿嬤》紀錄片，公視紀錄觀點，2000 年播映。
3. 木枝‧籠爻（潘朝成）導演，胡家瑜製作，《收藏的平埔記憶：再現噶瑪蘭與凱達格蘭聲影》紀錄片，臺灣大學出版中心，2011 年。
4. 胡台麗導演，《神祖之靈歸來：排灣族五年祭》，1984 年。
5. 胡台麗導演，《蘭嶼觀點》，1993 年。

第七課

新聞生產佮媒體素養

廿[1]一世紀的網路[2]世界，媒介信息多變，一般民眾若會當了解媒介的型態佮社會角色，對提升思辨的能力是誠有幫贊[3]的；會曉針對多元複雜的新聞來源得著事實以外的正向觀點，會使講是媒體素養的精神所在。

媒介傳播的類型，從早[4]就真多元，毋過正港的現代化大眾媒體，愛對報業算起。報紙影響大眾的思考真深層嘛真闊面，自有報紙了後，媒體閣沓沓仔發展出無仝的類型，傳統上是共分做平面媒體佮廣電媒體，若網路媒體，是真後來才有的新媒介。

頂懸講著的平面媒體包括報紙、雜誌；若廣電媒體咧，譬論[5]廣播和電視；事實上，電視都猶分做無線、有線參衛星電視咧；遮的掉外，閣有類型迒[6]過平面媒體佮廣電媒體之間的通訊社。雖罔[7]有頭前的分類，毋過網路出現，已經予媒介的界線變甲霧霧無明，甚至互相重疊去矣。咱通講，網路媒體毋但是共各種媒介的傳播元素濫濫做一伙，個的影響力定定都較大過其他的媒介。目前，網路加上手機仔的便利性，已經共現代人的生活模式規个齊[8]改變矣。

---

1. 廿：jiáp/liáp，二十的合音。
2. 網路：bāng-lōo，網路。
3. 幫贊：pang-tsān，幫助。
4. 從早：tsîng-tsá，自從早期以來；很久以來。
5. 譬論：phì-lūn，比如說。
6. 迒：hānn，跨。
7. 雖罔：sui-bóng，雖然。
8. 齊：tsiâu，全部。

無全類型的媒介，生產製作的過程有個相喬[9]倍無全的所在。平面媒體的中心是編輯部，伫基層記者頂頭有召集人、無全議題的組長和採訪主任，稿件予總編輯審過了後，就分予逐版面的主編佮編輯主任去核稿、寫標題和編排，來，才送去印刷，通好分伻[10]發行。廣電媒體的新聞產製中心號做新聞部，記者頂面有組長、主任、新聞部經理等等，新聞隨[11]條經過組長、主任審稿了後，就交代編輯、主編閣看、寫標題，了後傳去攝影棚副控室，準備播出，自然的[12]傳播的速度會較緊過平面媒體。

　　總扯[13]起來，傳統媒體的新聞產製較厚工[14]，開的時間嘛較長，若現此時網路媒體的產製就縮甲真短，編排嘛較簡單，四常[15]是無印刷、發行、剪接、後製佮製播的流程；而且網路媒體的編制，嘛較單純，分工加真簡化，記者稿件寫了，家己擬參考標題，予主管審過了後，連鞭就發出去矣，所致傳播、分享的速度是平面媒體佮廣電媒體袂比得的。

　　新聞的性命力佮價值，就伫伊的時效性閣有正確性，傳統媒體因為產製流程複雜，時效性已經去予網路媒體盤[16]過矣；網路平台佮傳統媒體戕水[17]了後，今正確性就變做新聞價值的最高準則，特別是自媒體愈來愈濟，網路媒體的內容生產那來那多元、緊猛[18]，新聞內容有正確抑無，就變做新聞性命力之外，上珍貴的價值。

　　伫這个新聞來源複雜、僫分辨真假的網路時代，逐家著愛培養觀察事實、分拆觀點的能力，才會當成做有媒體素養的閱聽人。

9. 相䆲：sio-siāng，相同。

10. 分伻：pun-phenn，分配。

11. 隨：suî，各；各別。

12. 自然的：tsū-jiân-tik，自然地。此「的」為閩南語的副詞用法。

13. 總扯：tsóng-tshé，平均。

14. 厚工：kāu-kang，費工夫。

15. 四常：sù-siông，一般。

16. 盤：puânn，翻越，這裡是「超越」的意思。

17. 敆水：kap-tsuí，匯流、合流。

18. 緊猛：kín-mé，迅速。

導讀

　　作者是蓋資深的媒體工作者，伊對媒體的組成、分類佮運作攏真了解，而且親身行過網路前和網路後兩个真無仝的時代。文章內底除了紹介無仝媒體的類型，嘛特別指出網路媒體的特性佮造成的影響。因為網路媒體的出現，現今的資訊量真大，咧來來去去嘛加真緊，閣因為網路資訊的生產速度較緊過平面印刷佮電視廣播，資訊的格式嘛加較多元，對資訊提供者的身份限定佮要求 uân-ná 較少，網路頂懸假資訊的影響引起世界上逐所在真濟人的注意，到尾仔甚至產生一个英文詞「disinformation」，對遮咱就知影伊的影響有偌爾仔深入佮闊面矣；閣較恐怖的是，假資訊已經予人當做一款武器，一寡政治團體、利益團體、甚至國家，倩有資訊專業的人，製造佮傳播假資訊，來攻擊對手抑是別个國家，資訊的使用自按呢變做「資訊戰」，這嘛是作者提醒咱著愛做有智慧的媒體閱讀者上主要的原因。佇這个資訊爆炸、真假相濫摻的時代，咱著愛學會曉判斷真假、分析觀點，才袂戇戇仔予資訊真真假假的大水絞去。

作者

　　呂東熹（1960- ），世新大學新聞系畢業，銘傳大學傳管所碩士，現此時是臺灣師範大學臺灣語文學系博士候選人，伊是公共電視台資深製作人兼「台語台」台長，前捌擔任《自立晚報》副總編輯、《黑白新聞週刊》撰述委員、「華人衛視新聞台」採訪主任、《台灣日報》綜合中心主任佮副總編輯、《蘋果日報》副總編輯、臺灣新聞記者協會會長。佇媒體界走傱欲 30 冬，捌出版《政媒角力下的台灣報業》、《二二八記者劫》。伊寫的〈阿嬤的兩擔檜木屑〉得著 2017 年雲林縣文學獎報導文學類頭賞。

做伙想看覓

1. 你敢捌聽著一个消息了後，尾仔發現是假的，彼个經驗是啥？
2. 你若是新聞記者，你敢會共你家己的價值判斷寫入去新聞內底？是按怎？

語句製造所

1. ……遮的掠外……
   例：鳥仔類的像花仔和尚、長尾山娘遮的掠外，公園內底閣有足濟蟲豸，像珠仔龜、草猴攏是。

2. 著愛……
   例：咱著愛一直學新的物件，才袂予人笑咱綴袂著時代。

文章的園

請選一篇較短的新聞，共改寫做閩南語（200 字以內）。

延伸的學習

文字

1. 伊萊‧博曼、喬斯夫‧費爾特、雅各‧夏皮羅、維斯托‧麥坎迪爾（Eli Berman, Joseph H. Felter, Jacob N. Shapiro, Vestal McIntyre）著，李奧森譯，《關鍵戰數：當代衝突的資訊革命，大數據分析如何左右戰局》，聯經，2020 年。
2. 卡洛尼娜‧庫拉（Karoline Kuhla）著，顏徽玲譯，《假新聞【21 世紀公民的思辨課】：後事實時代，究竟是誰在說謊？德國權威記者帶你直擊「謊言媒體」亂象，揭露「假新聞」與它們的產地！》，平安文化，2020 年。
3. 麥克‧歐布萊恩、亞歷山大‧賓利、威廉‧布洛克（Michael J. O'Brien, R. Alexander Bentley, William A. Brock）著，蕭美惠譯，《決策地圖：在訊息氾濫與假新聞轟炸的年代，我們如何做決定？》，時報，2020 年。
4. 呂東熹，《政媒角力下的台灣報業》，玉山社，2017 年。

影音

1. 台灣觀眾如何被媒體出賣？「媒體洗腦」完全破解！紅色滲透是啥？【記者真心話】Vol.2｜懶人包，https://youtu.be/mVEItYOsXjM，公視 P# 新聞實驗室。
2. Andrew Napier 執導，紀錄片《瘋狂新聞台 Mad as Hell》，2014 年。
3. Stephen T. Maing 執導，紀錄片《公民部落客 High Tech, Low Life》，2012 年。

第八課

八八水災歌（原作節錄）

二〇〇九彼一年，八月初八彼一暝，
北部風颱無代誌，南部崩山閣淹水。

兩暝兩日大雨來，林邊代先傳災害，
海水倒灌到厝內，街路攏是漉糊糜[1]。

沿海地區的漁塭，全部攏予大水吞，
魚仔蝦仔四界躓[2]，奔流到海傳[3]囝孫。

災情陸續傳出來，那瑪夏鄉大聲哀[4]，
哭聲衝[5]去到雲內，出外子弟來救災。

風景山區齊[6]破壞，無論茂林抑寶來，
田園變色苦哀哀，村民欲哭無目屎。

六龜鄉村消息鎖，路斷橋損變孤島，
手機電話攏聽無，欲報新聞無線索。

災情消息無明朗，記者認真去採訪，
漉糊糜路車袂通，只靠雙跤咧走傱[7]。

---

1. 漉糊糜：lȯk-kôo-muâi 又唸作 lȯk-kôo-muê/lȯk-kôo-bê，爛泥。稀爛的軟泥。
2. 躓：bùn，鑽入藏身；這裡用以形容魚蝦隨水勢四處流失。
3. 傳：thn̂g，傳宗接代。
4. 哀：ai，哀號。
5. 衝：tshìng，升高、爬高。
6. 齊：tsiâu，完全。
7. 走傱：tsáu-tsông，奔走。

惡水滾滾天上來，新開橋[8]斷變天涯，
牽索過溪水路害，掛得流籠載物來。

九死一生手牽手，救難人員無退勾[9]，
菩薩心腸伊來修，救出眾生無所求。

不老溫泉悽慘代，三十二人活活埋，
干焦一人挖出來，世間上慘死毋知。

甲仙小林可憐代，全村滅頂無人知，
一半村民出外界，留得性命天安排。

八月初九早起時，獻肚[10]走山擋溪水，
無人探看失先機，崩山潭崩滅鄉里。

山壁塗石佮溪水，直直沖來像霆雷[11]，
規村厝宅崁離離[12]，鬧熱街路變塗堆。

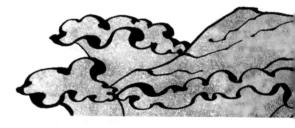

出外子弟哭佮扒[13]，欲揣親人的死體，
五層樓懸的泥地，親人欲去佗位揣？

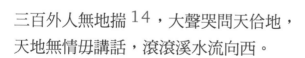

三百外人無地揣[14]，大聲哭問天佮地，
天地無情毋講話，滾滾溪水流向西。

---

8. 新開橋：Sin-khai-kiô，六龜鄉新開部落在八八風災當時唯一對外聯繫
   道路「新開大橋」。
9. 勾：kiu，退縮。
10. 獻肚：Hiàn-tōo，指獻肚山，位於小林村上方，海拔約 1800 公尺。
11. 霆雷：tân-luî，打雷。
12. 崁離離：khàm-lī-lī，完全掩蓋。
13. 扒：pê，這裡是指用手挖土。
14. 無地揣：bô-tè-tshuē，無處可找；找不到。

南迴沿路傳災情，哭聲四界討救兵，
路基流失蓋僥倖[15]，天公目屎流袂停。

數百田園變河床，柴箍沖入到廳堂，
災民苦楚肝腸斷，悲情欲向啥人問？

大武山水雄 kài-kài，嘉蘭村民受災害，
二十厝宅流落海，留得性命上佳哉。

知本溪水驚死人，一路沖洗地基空，
沿岸商店早就崩，水頂浮沉是 khǎng-páng[16]。

金帥飯店佇岸邊，三層樓仔抨[17] 落水。
全臺哀聲迵[18] 天邊，世界媒體轉播伊。

這擺水災的損失，災情超過九二一[19]，
人命死傷土地必[20]，上帝看甲目屎滴。

臺灣好山閣好水，對待土地愛慈悲，
咱愛珍惜愛保持，傳予囝孫萬萬年。

---

15. 僥倖：hiau-hīng，表可憐、惋惜、遺憾。
16. khǎng-páng：招牌。
17. 抨：phiann，用力摔。
18. 迵：thàng，直通。
19. 九二一：Kiú-jī-it，指 1999 年震央於南投集集的大地震，
　　當時造成 2,415 人死亡，29 人失蹤，11,305 人受傷，
　　51,711 間房屋全倒，53,768 間房屋半倒。
20. 必：pit，裂開。

導讀

　　2009 年 8 月初 7 莫拉克風颱掛大水雨佇臺灣
起山，8 月初 8 中南部佮東部真濟所在佇短短兩、
三工內落規年的雨水，致使一寡所在，像屏東的林
仔邊、佳冬等等倚海的位仔，全浸佇水裡。高雄縣
的寶來、甲仙、桃園、那瑪夏鄉等等山區閣較慘，
予塗石流崁去，其中小林村強欲規个滅村，幾若百
个人活活予埋去，逐所在的災情講會了袂盡。

　　雖罔會當講是天災，毋過咱人開山剉樹，佔
用水路，嘛是有咱的責任，啊氣候會變甲遮藝體
（siat-thái，超過），恐驚仔嘛佮人類排炭酸氣（二
氧化碳），造成全球暖化有關係。

作者

　　藍淑貞（1946-），屏東縣里港人，1952 年以後徛佇臺南市。高師大國文研究所結業、高師大國文系畢業、臺南師範普師科畢業。國小、高中職老師退休。捌做過臺南市教育局本土教育推行委員、臺南市文化局文學推行委員、臺南市紅樹林臺語推展協會會長、臺南市菅芒花臺語文學會理事長。捌得著 90 年南師傑出校友獎、南瀛現代詩創作獎首獎、臺南市散文集結成冊正獎、教育部推展母語傑出個人貢獻獎等。著作有閩南語詩集：《思念》、《臺灣圓仔花》、《走揣臺灣的記持》、《臺灣花間集》、《網內夢外》；閩南語散文集：《心情的故事》；現代臺灣囡仔歌詩集：《愛食鬼》、《雷公伯也》；其他：《最新臺灣三字經》、《臺語說唱藝術》、《臺灣囡仔歌的教學佮創作》，《臺語演講得勝祕訣》等等。

做伙想看覓

1. 你捌拄過上厲害的天災（地動、風颱、洘旱等等）是啥？彼時陣佮代誌過了，有啥想法？
2. 關係環境保護，佇你家己的日常生活當中，除了已經咧做的，你感覺你抑是恁班、恁學校，猶會當做寡啥？

語句製造所

1. 代先

   例：欲揀塗跤進前，代先愛攑掃帚掃予清氣。

2. 無地……

   例：這條被鍊毋但媠，閣是出名的設計師親身做的，有影無地看liooh。

文章的園

請試寫七字仔，一句七字，逐句尾字押韻，攏總八句，主題無限制。

延伸的學習

文字

1. 中華顧問工程司，《2009 莫拉克颱風八八水災橋梁道路勘災紀實》，
   科技圖書，2009 年。
2. 陳儀深主編，《八八水災口述史：2009-2010 災後重建訪問紀錄》，
   前衛，2011 年。
3. 周定邦總編輯，《歌詩傳奇：臺灣唸歌傳人身影採集》（附光碟），
   國立臺灣文學館，2017 年。

影音

1. 楊秀卿＆台灣微笑唸歌團 Taiwan Smile Folksong Group，《唸啥咪歌
   What are you singing?》（CD），好有感覺音樂，2016 年。
2. 臺灣民間說唱文學歌仔冊資料庫，http://koaachheh.nmtl.gov.tw/
   bang-cham/thau-iah.php，國立臺灣文學館。
3. 何信翰，《台語聽有無》（講好話單元），鏡新聞，2022 年。https://
   youtu.be/Qgjgl6SA8ak

第九課

海口[1]

　　臺灣是一粒島，四箍圍仔攏是海，囡仔時代聽著「海口」這個所在，心內想無：「門口」是門的外口，「廟口」是廟的頭前面，「港口」有予船出出入入的港喙，若按呢，「海口」咧？是海的外口、海的頭前，抑是海嘛有喙？

　　我是平洋大漢的囡仔，阮的鎮，佇屏東平洋正中心，向東十五公里到山，向西十五公里到海，毋過，彼个叫「海口」的所在愛閣落南，佇彼欲去恆春的公路，枋山鄉的海岸線躼躼長[2]牽到盡磅[3]，進入車城鄉的第一个庄頭，就是「海口村」。

　　若是咱坐車無睏去，就會發現，佇「海口」進前的海垾[4]，彼海攏無算，因為海沙佮海水是殕色[5]的，一直愛來到「海口」，佇這个口，海沙崙[6]是金的，過這个口，海水開始愈來愈藍，一路到墾丁，藍甲毋是款[7]為止，彼才是真正的海——阮少年的時攏按呢想。

　　高中畢業，離開屏東去臺北讀冊、食頭路，才知影外面的世界有「海口人」：個對臺中、彰化、雲林、嘉義沿海鄉鎮出身，聽講

---

1. 海口：hái-kháu，靠海的地方。
2. 躼躼長：lò-lò-tn̂g，非常長。
3. 盡磅：tsīn-pōng，極限，此指盡頭。
4. 海垾：hái-kînn，海邊、海濱、海岸。
5. 殕色：phú-sik，灰色。
6. 海沙崙：hái-sua-lūn，海邊的沙丘。

退攏風頭水尾[8] 較歹討趁[9]。侶講的閩南語有真特殊的「海口腔」，聽著彼个氣口就敢若鼻著海的味。雲林縣的臺西鄉嘛有一庄叫「海口村」，比阮屏東的海口較有名，有一句專門咧嚇人的古早話：「送你去海口食番薯！」毋知是欲送去佗一位的海口。

　　聽講，一个臺灣人一世人上無[10] 一定會去一逝墾丁，若按呢，一个臺灣人一世人上無，一定會經過一擺柴城的海口才著啊。

　　逐冬、逐冬的落山風[11]，剾來[12] 的沙一粒、一粒，佇海口粒積規大片的金沙，造出十幾公尺懸的沙崙。少年的阮跖起去崙仔頂，鞋仔佇沙裡拖咧行，若莫越頭[13] 看邊仔的海，好親像踏入地理課本內的西域大漠，駱駝袂記得牽來，夢幻的「海口沙漠」，至少佇彼个時猶是真實。後來呢？規條崙仔的金沙，一車過一車hông 賣了了，毋知載去佗位的山球場[14] 坉[15] 沙仔坑。

　　「車城」舊名「柴城」，「海口」原名叫「海口營」，有一個「海口港」。恆春半島的山坪，原生相思仔[16] 林真厚[17]，佇較早無

---

7. 毋是款：m̄-sī-khuán，不像樣，此指非常、至極。
8. 風頭水尾：hong-thâu-tsuí-bué，風吹來時，第一個迎風處；水流的末端。指土地不肥沃、謀生不易的地方。
9. 歹討趁：pháinn-thó-thàn，謀生不易。
10. 上無：siōng-bô，至少。
11. 落山風：lo̍h-suann-hong，恆春半島的季節風。每年秋、冬以後，受到中央山脈阻隔擠壓的東北季風，在恆春半島形成更寒冽的強風，當地人稱為「落山風」。
12. 剾來：khau--lâi，因吹風或刮風而將沙粒帶過來。
13. 越頭：ua̍t-thâu，頭向後轉，轉頭。

gá-suh 燃[18]的年代，相思仔柴燒的相思炭，品質上蓋讚，從日本時代，恆春半島出的相思炭，主要就是對「海口」出海，行海路銷外地。滿山的相思，對海口湠[19]出去，歷史的「海口」，啊，原來遮爾有情。

---

14. 山球場：suann-kiû-tiûnn，高爾夫球場，因高爾夫球場地勢高低起伏，早期有閩南語人將「高爾夫球」稱為「山球」。
15. 坉：thūn，在空洞中塞東西填平。
16. 相思仔：siunn-si-á，相思樹。
17. 厚：kāu：形容數量極多。
18. 燃：hiânn：點燃、焚燒、煮水。
19. 湠：thuànn：蔓延、擴散。

導讀

　　臺灣四귀是海，每一个人因為徛跮的所在無全，生活經驗無全，對海的認捌嘛無相全。本文內容是作者對「海口」的認捌過程。上起頭先對「海口」這个名詞好奇，知影家己的家鄉有風景真嬌的「海口村」，出外求學、食頭路了後，才知「海口」範圍遐爾大，有濟濟「海口人」，閣有閩南語口音真特別的「海口腔」。

　　一个略仔抽象的名詞，對應到一个具體的地方，名實相敆，化做一个囡仔對這个詞的初印象。對這个印象出發，佇開闊的大世界裡，才發現「人」的海口佮「咱」的海口無全位，嘛才發現「咱」的海口已經變款，沙崙早就無去。

作者

　　王昭華（1971-），佇屏東縣潮州出世，徛高雄市。大學時代讀淡江中文系選修陳恆嘉老師的〈台語概論〉，參加機械系的蔣為文拄創社的淡江台語文社，閩南語創作按淡水起蒂。出社會佇雄獅美術出版社做文字編輯，十冬後轉自由業。作品有歌有散文，2006 年發行第一張閩南語個人創作專輯《一》，開始以閩南語寫部落格《花埕照日》；2011 年臺灣文學獎台語散文金典獎得主；2016 年繪本《動物園》臺語八聲調之歌由玉山社出版；2017 年歌詞〈有 無〉（《大佛普拉斯》）得著金馬獎最佳原創電影歌曲。自 2002 年起，長年參與康軒版國小閩南語課本編寫；2019 年擔任公視台語台兒童益智節目《旺來西瓜仙拚仙》現場閩南語顧問。

做伙想看覓

1. 你敢捌聽過「海口腔」？抑是你有聽過啥物閩南語的其他腔口？有啥物無仝的所在？

2. 臺灣四箍圍仔攏是海，你敢有去過海口抑是海邊仔？海對你來講，是啥物印象？

語句製造所

1. 上無……
   例：彼間的肉燥飯足好食，我逐禮拜上無去交關三擺。

2. 若按呢……
   例：若按呢，恁兜咧？過年是食爐抑是包水餃？

文章的園

請用閩南語簡單寫一篇關係去海邊抑是海口所在的旅行短記（200字）。

延伸的學習

文字

1. 呂赫若，〈風頭水尾〉，林至潔譯，《呂赫若小說全集》，聯合文學，1995 年。

2. 洪惟仁，《台灣方言之旅》修訂版，前衛，1994 年。

3. 廖鴻基，《討海人》（新版），晨星，2013 年。

4. 柯金源，《我們的島：台灣三十年環境變遷全紀錄》，衛城，2018 年。

5. 黃佳琳，《海洋台灣：大藍國土紀實》，經典雜誌，2020 年。

影音

1. 吳榮順製作，《山城走唱 陳達・月琴・台灣民歌》，風潮音樂，2000 年。

2. 洪淳修導演，紀錄片《河口人》，2006 年。

3. 洪淳修導演，紀錄片《刪海經》，2014 年。

4. 黃信堯導演，電影《大佛普拉斯》，2017 年。

5. 公共電視《藝術很有事》節目，第 61 集「陳伯義的地景凝視」，2020 年。

第十課

講家己的故事

逐家敢有看過舞台劇？劇場的形式百百款，戲齣的內容嘛五花十色[1]。戲齣閣分喜齣、苦齣[2]、悲喜齣；抑舞台劇嘛有分做音樂劇、尪仔戲、無聲齣[3]……等等。

幾若冬前，我聽著白色恐怖受難者蔡焜霖[4]先生的故事，予我真濟感動，心內就希望有一工，會當共蔡前輩的故事編做舞台劇。蔡焜霖先生是《王子雜誌》的創辦人，伊佇學生時代加入讀冊會，煞予人講伊有「左[5]」的思想，自按呢坐監十冬。佇這十冬內，伊佇監牢內的好朋友予人銃決[6]，伊的老爸因為後生坐監，打擊過頭大，煞來結束家己的性命。這款創傷是遐爾疼，空喙[7]閣遐爾僫上肉[8]，咱欲按怎用戲齣來講這个充滿傷痕的歷史咧？

我定定共人問一个問題：「若是愛人仔佮你行秧落去矣，伊是笑笑仔佮你分手，抑是目屎流目屎滴佮你tshé[9]，你會較艱苦？」真

---

1. 五花十色：gōo-hue-tsàp-sik，形貌多樣，包羅萬象。
2. 苦齣：khóo-tshut，悲劇。
3. 無聲齣：bô-siann-tshut，默劇。
4. 蔡焜霖：Tshuà Khun-lîm。1930年出生於臺中清水，高中時期因參加讀書會而被捕入獄。1966年創辦《王子》雜誌、1984年創辦《儂儂》雜誌。退休後致力於轉型正義的推動與落實。
5. 左：tsó，泛指社會主義、共產主義等立場。
6. 銃決：tshìng-kuat，槍決。
7. 空喙：khang-tshuì，傷口。
8. 上肉：tsiūnn-bah，傷口癒合。
9. tshé：分手。

濟人攏講是「笑笑仔分手」較艱苦，毋才我決定欲用無仝款的方式來講蔡前輩的故事，決定欲來「笑笑仔講白色恐怖」；用小丑仔表演來搬白色恐怖，我相信觀眾感受著的韻尾[10]會閣較厚，力量嘛會閣較大。

　　尾仔我用蔡前輩的人生故事做冊底[11]，寫出畫本[12]《愛唱歌的小熊》，紲來揣弄尪仔師、演藝師[13]佮口藝師[14]等等的戲跤[15]來做伙演出，結合小丑仔、雞脆仔[16]、尪仔佮光影的變換，來講白色恐怖。

　　阮刁工佇戲齣起鼓的時，起造一款好耍、趣味的氣氛，予觀眾佮小丑仔歡喜互動、做伙迌退兼唱歌。耍到一半，口藝師親像警察仝款，那歕觱仔[17]那傱[18]入來，閣警告逐家袂當出聲。紲來，觀眾也沓沓仔入去到白色恐怖的時代。若是出聲，小丑仔會予人掠起來；抑伊予人關起來的時，就變做警察手內的傀儡尪仔。佇這个單純的小丑仔開始受著奇怪的對待彼陣，白色恐怖時期的荒謬佮悲哀，就愈顯明出來矣。

10.韻尾：ūn-bué，餘韻、餘情。
11.冊底：tsheh-té，素材、藍本。
12.畫本：uē-pún，繪本。
13.演藝師：ián-gē-sai，演員。
14.口藝師：kháu-gē-sai，口技演員。
15.戲跤：hì-kha，演員。
16.雞脆仔：ke-kui-á，氣球。
17.歕觱仔：pûn pi-á，吹哨子。
18.傱：tsông，慌亂、急促地奔跑。
19.準講：tsún-kóng，就算、假設。

按呢的演出誠成功，真濟大人佮囡仔攏來看，閣也有少年爸母 焄拄出世無偌久的紅嬰仔做伙來。準講[19]囡仔猶無法度理解故事 後壁的意義，大漢了後，若知彼段歷史，就會捌阮欲傳達的人權理 念：希望每一个人會當自由講家己想欲講的話，唱家己想欲唱的 歌。

　　會得搬這款主題的戲齣，對臺灣的藝術工作者來講，有影是上 珍貴的代誌。咱若有人權，就袂去驚講啥物話、做啥物戲，會予人 掠去關，抑是無分無會[20]就無去[21]。向望未來，咱攏會當繼續自由 創作、自由生活，自自由由，成做家己想欲做的彼款人。

20.無分無會：bô-hun-bô-huē，無緣無故、莫名其妙。
21.無去：bô--khì，消失、死去。

導讀

　　戲劇，自古早到現今，攏是真受著歡迎的一款表演藝術。佇當代戲劇的中間，舞台劇是上受注目的劇場類型之一。臺灣舞台劇的表演方式、舞台設計和敘事的風格等等，受西方的影響真濟。抑這幾冬有袂少新創的劇團，對臺灣這塊土地有較大的認捌、反省佮關懷。甚至有一寡少年藝術家，共本土語言的復振、文化佮歷史的重建，成做創作目標之一。劇本創作者吳易蓁，是佇臺灣社會已經行向自由的時代大漢，感受著自由的寶貴佮人權的價值，也煩惱咱家己的歷史、語言佮文化無法度傳承，民主佮人權的價值無法度延續落去。所致伊所創立的劇團，一直用心咧做會當講這寡關係土地、母語佮人權故事的戲齣。文章內面講著伊共白色恐怖受難者蔡焜霖先生的故事，寫做畫本，了後閣改編做一齣予大人佮囡仔攏會當笑笑仔來看的親子戲。戲路有創意，無閣共歷史講甲遐悲傷，向望屬佇咱家己的價值，會當佇後一个世代閣再淡根、釘根，嘛鼓舞其他的少年藝術家，勇敢講家己的故事。

作者

　　吳易蓁（1982- ），佇彰化出世大漢，國立臺北藝術大學戲劇學系學士、英國東 15 表演學院（East15 Acting School, the University of Essex）電影製作碩士。劇本捌得著優良電影劇本、新北市文學獎劇本首獎。為著欲用較濟無全款形式的戲劇表演，記錄臺灣的故事，佇 2009 年創立「夾腳拖劇團」（Lo-lí-á 劇團），主力佇人權、母語和親子互動的創作，希望藉戲劇予大人佮囡仔攏會當親近臺灣的文化歷史。所編劇兼導演過的閩南語舞台劇作表作品有〈阿媽の雜細車〉、〈箠姆仔欲起行〉等。捌出版人權景點導覽冊《自由背包客：台灣民主景點小旅行》（華英對照）；畫本《愛唱歌的小熊》、《說好不要哭》、《最美的風景》等。目前也擔任李江却台語文教基金會董事。

做伙想看覓

1. 你敢有看過「舞台劇」？你按怎理解舞台劇這門表演藝術？
2. 往過的舞台劇，包括現場演出的歌仔戲抑是布袋戲，攏真罕得有華文的字幕，為著現此時真濟少年人聽無閩南語，舞台劇演出的時會拍字幕，你按怎看待這層代誌？

語句製造所

1. 尾仔……
   例：尾仔伊決定選擇去讀彼間離厝上遠的大學。
2. 會得……
   例：會得拍贏對手、進入決賽，伊歡喜甲睏袂去。

文章的園

請簡單介紹一齣你印象真深刻的戲齣。（200 字）

延伸的學習

文字

1. 孫揚著，《電影及舞台劇構成：影劇傳播創意觀》，藝術家，2009 年。
2. 吳易蓁著，廖佩慈繪，《愛唱歌的小熊》，玉山社，2017 年。
3. 謝如欣著，《被壓迫者劇場發展史：波瓦的民眾劇場之路》，新銳文創，2018 年。
4. 蔡焜霖口述，蔡秀菊記錄撰文，《我們只能歌唱：蔡焜霖的生命故事》，玉山社，2019 年。
5. 克里斯多夫・巴爾梅（Christopher B. Balme）著，白斐嵐譯，《劇場公共領域》，書林，2019 年。

影音

1. 謝光誠導演，紀錄片《記憶與遺忘》，2011 年。
2. 公視《頂真人物》節目第 6 集，〈夾腳拖劇團 用台語説故事〉（https://youtu.be/Ed98CYIh5CU），2018 年。
3. 寶島聯播網《寶島有意思》節目，專訪夾腳拖劇團吳易蓁團長、介紹《愛唱歌的小熊》舞台劇（https://youtu.be/yKwgPeysWC0），2019 年。
4. 江國梁導演，紀錄片《白色王子》，公視紀錄觀點，2014 年。

第十一課

做石的工人

炭礦內底的穡頭[1]，毋是炭就是石，做石的並掘炭的收入較好，是通人知的代誌。

掘炭的講做石會早死，講個無愛用性命去換錢；顛倒做石的講掘炭錢傷少，袂輸乞食唰共人分[2]，個看袂上目；想法都無全，揀的工課生成有精差，欠錢的去做石，驚死的選掘炭，田無交，水無流[3]。

掘炭的工人共塗炭採煞，隨愛徙去別位閣做；礦長會照礦脈圖來研判面頭前的石岩內底，是毋是猶有炭逝[4]藏佇內底，若決定欲閣挖入去，就喊[5]做石的來參詳，欲倩[6]個開路的意思。

做石的家私是壓頭[7]，頭前鬥一枝一公尺半會撚[8]振動的磅枝[9]，足成大枝的電鑽按呢；個雙手捏壓頭，親像攑步銃靠佇肩頭窟

---

1. 穡頭：sit-thâu，工作。
2. 分：pun，向人無償取得東西；此為乞討之意。
3. 田無交，水無流：tshân bô kau, tsuí bô lâu. 原指兩塊田地沒有相鄰，水路也不相通。引申為不相干涉或斷絕往來的意思。
4. 炭逝：thuànn-tsuā，煤礦的礦脈。
5. 喊：hiàm，叫、召喚。
6. 倩：tshiànn，僱用。
7. 壓頭：ah-thâu，高壓鑽孔機。
8. 撚：lián，用手搓轉或用手轉動細長狀物，這裡是棍棒轉動的意思。
9. 磅枝：pōng-ki，鑽頭。

10，著愛力頭飽滇才做有路來；mòo-tah 撚振動就霆[11] 甲絲絲叫，戮[12] 入去岩壁的時陣，石烌會對磅枝的邊仔直透bū 出來，規天块蓬蓬。

若照礦務局的採炭規則，作穡著愛掛目鏡、喙罨[13]，閣隨時用水澍[14] 予澹溼；毋過，無幾个工人有照起工[15] 去做。

坑內做石的所在原本就無啥跤路[16] 通轉踅，狹欈欈[17] 的所在，倚欲卅六度的燒風直透歕入來工課場，閣有蓬蓬块的石烌咧飛，莫怪倩做石的工人價數攏愛加真懸。

反倒講轉來，平平佇真狹的所在作穡，掘炭的歕入去肺管的是炭烌，做石的是石烌；炭烌佮製材所工人歕的鋸屑烌誠相全，會扴[18] 佇鼻空、嚨喉無蓋深的所在，小可拍咳啾就綴鼻水流出來。抑若歕著石烌就無遮好處理矣，石烌入去肺管就像沙仔沉底按呢，愈積愈濟，閣嗽袂出來；年久月深，肺管予沙仔坉甲窒去，沓沓仔喘袂起來；好好人若是喘袂起來，大細項工課就攏無才調做矣，規日勻

10.肩頭窟：king-thâu-khut，肩窩。
11.霆：tân，發出響聲。
12.戮：lak，鑽。
13.喙罨：tshuì-am，口罩。
14.澍：tshū，噴。
15.起工：khí-kang，規矩；按部就班。
16.跤路：kha-lōo，可行走或站立的空間。
17.狹欈欈：eh-tsinn-tsinn，狹小、狹窄。
18.扴：khê，卡住、不通順。

踮厝裡，毋是睏就是坐，歹紡的是放屎尿、跔懸跔低攏愛出力，煞著佇便所、樓梯頭攢sàng-sòo[19]，不管時通捎起來欶，上害的是眠床邊嘛著攢這味。咱攏知影鬥一條喘氣的樹奶管就歹翻身、反爿，工課攏袂做得，真正悲慘！

這款人的歲壽極加是五十爾爾，誠濟四十五就過往去矣。翁婿是活抑是死，對某來講，伊攏咧守活寡，彼款心肝內的艱苦、鬱卒，真正毋是咱外人臆會著的；總是，做石的收入真懸，若儉有牢，留予某囝去快活開的，猶算是有天良、有拍算的查埔人；上驚的是共血汗錢提來烏白翂[20]，半仙都無留就做伊去死，叫某囝去食露水、欶空氣的查埔人嘛誠濟。某若少年猶有人欲挃[21]，啊若較老就歹命到死，才是上蓋可憐的。

---

19. sàng-sòo：借自日語「酸素（さんそ）」，氧氣。
20. 翂：phún，揮霍。
21. 挃：tih，想要。

導讀

　　九份仔是國內外攏蓋出名的景點，捌去的人拍算攏知影彼附近的金瓜石，有已經拋荒的金礦礦坑佮黃金博物館。毋過，咱凡勢毋知影，臺灣除了捌開採黃金，嘛捌挖塗炭。佇 2000 年進前，臺灣捌有 125 冬遐久咧開採塗炭。有塗炭坑的所在，包括基隆（Ke-lâng）、南投集集、嘉義阿里山佮澎湖群島。礦坑內底做石佮採炭的工人，就是咱臺灣過去歷史佮產業的一部份。

　　作者用伊親身的經驗做基礎，將掘炭佮做石的頭路，寫甲生真活掠，讀起來，袂輸是佇目睭前放電影。毋但寫個按怎做工課，連個一般的收入、病疼、家庭情形，都做一睏紹介；嘛因為作者生長的年代佮年歲，咱會當透過伊的筆，看著彼个時代的階級、家庭佮性別觀念，佮現今開放、自由、平等的年代，實在是有真大的無仝。咱讀這篇文章，會當看著勞動者的生活寫真，嘛向望咱除了了解無仝的行業，嘛會當尊重專業，尊重無仝頭路的人。後擺去九份仔、金瓜石、基隆遮的所在的時，咱嘛會想著遮的所在挖礦的歷史佮在地的文化。

作者

　　藍春瑞（1952-），瑞芳人，捌做礦山五金的生理，後來捔公務員的飯碗，佇公所、農政、國中佮高中調出調入，做甲退休。1999 年學白話字了後，直直做閩南語創作，攏無斷站。伊捌得著李江却台語文教基金會的阿却賞台語文學獎的頭賞、海翁台語文學獎佮教育部閩客文學獎的頭名，出版過《無影無跡》、《奪人 ê 愛》兩本小說。伊捌講，寫小說上大的應效是迵過字句佮劇情的鋪排，會當共早前予人蹧躂過的面底皮討轉來，予流血流滴的空喙勻勻仔堅疕，回復到往過的恬靜；閣會當共手面趁食人的悲喜苦暢提出來閣餾一改，講予世間人知影，嘛算是做一項功德。

做伙想看覓

1. 社會上有真濟工課危險性真懸，無，就是對健康有危害，你想，愛按怎做，才會當保護食無仝頭路的人？
2. 現此時，真濟勞動的頭路，收入較懸過辦公室的頭路矣，你較想欲做佗一款頭路？是按怎？

語句製造所

1. ⋯⋯煞，隨⋯⋯
   例：阿爸暗頓拄款煞，隨愛緊去洗衫。
2. 極加
   例：一般的轎車極加就是坐五个人，閣較濟就載袂落去矣。

文章的園

請查資料，寫一篇描寫某一款頭路的短文（300 字以內）。

延伸的學習

文字

1. 江衍濤，《礦工，太陽·洪瑞麟》，雄獅美術，1998 年。

2. 林立青，《做工的人》，寶瓶文化，2017 年。

3. 東南亞移民，《光：以靈魂冶煉文字，在暗處發亮 — 第四屆移民工文學獎作品集》，四方文創，2017 年。

4. 楊青矗，《工廠人》（新版），水靈文創，2018 年。

影音

1. 陳亮丰導演，紀錄片《百工圖》，1984 年。

2. 王童導演，電影《無言的山丘》，1992 年。

3. 吳念真導演，電影《多桑》，1994 年。

4. 賴振元導演，紀錄片《散宴》，2001 年。

5. 劉孟芬導演，紀錄片《工殤日記—潘姐》，2005 年。

老佛要躍牆

與孫子一起看皮卡丘大顯神通，她也是神奇寶貝訓練專家，夢中打敗噴火龍水箭龜

夜晚帶著孫女拜訪鐵扇公主灰姑娘虎姑婆，她還變成青蛙公主去親吻睡王子的臉龐

老佛要跳牆

報名長青大學ＡＢＣＤ狗咬豬猛Ｋ英文，讓地球繞著她跑，在雲端俯瞰人間的棋盤

假日趕幾場婦女讀書會，一次讀到《阿媽的故事》，未注意到夕陽已經斜照在書底

第十二課

佛跳牆（華語原文）

阿媽帶一尊女兒贈送的菩薩，掛在胸前步出家門

佛要出牆

清晨大安森林公園旋轉元極舞步，蹦跳觀世音潛入阿媽心牆，太陽靈光灌頂

佛要穿牆

穿過市場選紅艷蕃茄翠綠蘋果，帶上太陽眼鏡停在紅綠燈路口，匆忙眾生個個擦身而過

女佛要碰牆

打全套香功十八式太極拳三十七式，蓮花步到永和吃豆漿菜包，不忌韭菜盒子的重口味

女佛要撞牆

定時緊膚健胸，芳香精油馬殺雞，鼻頭粉刺全部拔光，全裸打坐在蒸氣烤箱裡

染掉所有的白髮，七色彩虹就在頭頂；紋兩道蛾眉，剃掉的毛與塵埃一起飄落

老佛欲躘牆

參孫仔做伙看皮巧啾功夫盡展，伊嘛是抱去摸的訓練專家，眠夢裡閣拍贏噴火龍水箭龜 8

暗時焄查某孫拜訪鐵扇公主塗炭仔虎姑婆，閣變做蛤仔公主去嗳睏佇樹林內的王子的面 10 9

老佛欲跳牆

報長青大學ＡＢＣＤ狗咬豬拚勢讀英文，予地球掠伊做中心趖玲瑯，佇雲頂向落來看人間的棋盤 11

歇睏日趕幾若場婦女讀冊會，彼擺讀著《阿媽的故事》，無去要意著黃昏的日頭光焱佇冊裡

第十二課 佛跳牆（閩南語版）

佛欲出牆

1

阿媽紮一身查某囝送的菩薩，揹佇胸前行出佤兜的門

透早佇大安森林公園轉踅元極舞步，趒跳的觀世音嘍入去阿媽的心牆，日頭靈光灌頂

佛欲數牆

樓過市場揀紅豔柑仔蜜翠青蘋果，烏仁目鏡掛咧停踮青紅燈路口，無時閒的眾生相挨閃身

女佛欲碰牆

拍規套香功十八式太極拳三十七式，蓮花步去永和食豆奶菜包，韭菜盒仔的重口味無嚓喉 2

女佛欲拚牆
3
4

定時繃皮挺奶，清芳精油掛掠龍 5，鼻頭痱仔總清離 6，斷紗逝佇水煙烘箱裡坐禪

白頭毛齊齊染，七色的虹就佇頭殼頂面；刺兩逝蛾眉 7，剃掉的毛和塊埃做伙散落

1. 身：sian，計算神佛的單位。
2. 噤喙：khiūnn-tshuì，忌口。
3. 繃皮：penn-phuê，緊膚、拉皮。
4. 侹奶：thiānn-ling，健胸。
5. 掠龍：liảh-lîng，按摩。
6. 鼻頭瘖仔：phīnn-thâu thiāu-á，鼻頭粉刺。
7. 斷紗逝：tn̄g-se-tsuā，一絲不掛。
8. 皮巧啾：Phî-khá-tshiù，動畫《精靈寶可夢》裡的其中一隻動物「皮卡丘」（日文：ピカチュウ，英文：Pikachu）。臺譯來源：iTaigi 網站（https://itaigi.tw/tsu-te/pho-khi-bong）。
9. 抱去摸：Phō-khì-bong，動畫《精靈寶可夢》裡的動物總稱（Pokémon）。臺譯來源：iTaigi 網站（https://itaigi.tw/tsu-te/pho-khi-bong）。
10.塗炭仔：Thôo-thuànn-á，灰姑娘。
11.拚勢：piànn-sì 或 piànn-sè，努力、拚命。
12.要意：iàu-ì，注意、在意。

導讀

　　江文瑜的真濟詩作，用前衛、反逆的手路表現女性主義，尤其伊有外語佮語言學的訓練，作品當中真對重語言的圖像性佮實驗性。〈佛跳牆〉這首詩收佇《阿媽的料理》詩集，用「佛跳牆」這出菜，來表現一向恬靜無聲的女性，佇性命的無全階段當中，所受著的阻礙、無法度脫離束縛的運命，佮伊想欲突破、解脫的行動。這首詩共女性比喻做一身佛，伊一世人會經歷「佛」、「女佛」、「老佛」三个階段，逐階段攏予無全堵的懸牆關牢咧。詩人運用漢字直式的排列，來鞏出女性受著親像一座一座懸牆的父權價值觀所壓制的圖像，牆對低低一堵、薄薄一沿，紲來愈厚、愈懸。抑伊佇無全時站想欲「出牆」、「髏牆」、「碰牆」、「捂牆」、「蹔牆」，行到成做老佛的人生上尾坎，猶閣繼續想欲「跳牆」，也總算跳去到上懸的所在。過程中，伊的生活方式有做出真大的改變，食到老嘛猶欲充實家己，就算伊的生活真精采，猶原跳袂過彼堵懸牆。

作者

　　江文瑜（1961-），佇臺中出世。臺灣大學外文系畢業了後，去到美國留學。提著德拉瓦大學語言學系博士，現此時是國立臺灣大學語言學研究所教授。1998 年，伊發起「女鯨詩社」，是臺灣頭一个成員攏是女性的詩社。捌出版個人詩集《男人的乳頭》、《有言有語》、《阿媽的料理》，以及《女教授／教獸隨手記》、《和服肉身》、《合掌——翁倩玉版畫與江文瑜詩歌共舞》、《佛陀在貓瞳裡種下玫瑰》等作品。佇擔任臺北市女性權益促進會理事長期間，推動「阿媽的故事」書寫行動，編出《阿媽的故事》、《消失中的台灣阿媽》、《阿母的故事》等女性史三部曲。伊也親身為臺灣第一位留日女畫家陳進書寫傳記文學作品《山地門之女—台灣第一位女畫家陳進和她的女弟子》。2000 年當選臺灣第 18 屆十大傑出女青年。

做伙想看覓

1. 讀這首記錄女性的經歷的詩，你有啥物感想？無論是內面的詩意、畫面、內涵等等，攏會使講看覓。
2. 你敢捌為著挑戰啥物代誌，去改變家己的生活方式？

語句製造所

1. ……掛……
   例：春嬌真勢演講，講話掛手勢，袂輸咧演戲，逐家攏聽甲迷去。
2. 拚勢……
   例：伊這站仔拚勢咧學越南話。

文章的園

你敢捌好好仔了解厝裡阿媽抑是查某序大的過去？個有啥物故事？請簡單寫一篇關係厝裡女性長輩的青春記持（200 字）。

延伸的學習

文字

1. 卡勒德·胡賽尼著，《燦爛千陽》，木馬文化，2013 年。

2. 江文瑜編，《阿媽的故事》，玉山社，2001 年。

3. 上野千鶴子著，《厭女：日本的女性嫌惡》，聯合文學，2015 年。

4. 克萊麗莎·平蔻拉·埃思戴絲著，《與狼同奔的女人》，心靈工坊，
   2012 年。

5. 朱莉安娜·弗里澤著，《女性主義【21 世紀公民的思辨課】：無論「性
   別」為何，每個人都有免於被歧視的自由！揭開「女權」的偏見與迷
   思，迎接真正的「平權」時代！》，平安文化，2020 年。

6. 艾倫·G·詹森著，《性別打結：拆除父權違建》，群學出版社，
   2008 年。

影音

1. 西奧多·梅爾菲導演，電影《關鍵少數》（Hidden Figures），2016年。

2. 史蒂芬·史匹柏導演，電影《紫色姐妹花》（The Color Purple），
   1985 年。

3. 安妮·方丹導演，電影《時尚女王香奈兒》（Coco Before Chanel），
   2009 年。

4. 菲莉妲·洛伊德導演，電影《鐵娘子：堅固柔情》（The Iron Lady），
   2011 年。

5. 史蒂芬·索德柏導演，電影《永不妥協》（Erin Brockovich），2000年。

6. 陶德·海恩斯導演，電影《因為愛你》（Carol），2013 年。

生難字發音

第一課
第二課
第三課
第四課

第五課
第六課
第七課
第八課

第九課
第十課
第十一課
第十二課

課文朗讀

第一課
第二課
第三課
第四課

第五課
第六課
第七課
第八課

第九課
第十課
第十一課
第十二課

高級中等學校本土語文（閩南語文）

企畫：國立臺灣師範大學

計畫主持人：林巾力、劉承賢、劉定綱

主編：劉承賢、呂美親

顧問：許慧如、蔣茉春

插畫：Kan– 佛跳牆

　　　杞欣庭 – 現在的平埔族佮阿美族、講家己的故事

　　　金芸萱 – 小王子、八八水災歌

　　　知岸 – 力量、石頭所記憶的代誌

　　　湯祥麟 – 慣性座標系統、新聞生產佮媒體素養、做石的工人

　　　葉長青 – 三百冬來臺灣文學審美觀點的變化、看無對敵的戰爭、海口

美術設計：Johnson

閩南語翻譯：劉承賢 – 佛跳牆

　　　　　　蔡雅菁 – 小王子

總編輯：廖之韻

創意總監：劉定綱

執行編輯：錢怡廷

編輯助理：林祐弘

出版：奇異果文創事業有限公司

電話：（02）23684068

傳真：（02）23685303

網址：https://www.facebook.com/kiwifruitstudio

電子信箱：yunkiwi23@gmail.com

法律顧問：林傳哲律師 / 昱昌律師事務所

初版：2022 年 8 月 5 日

ISBN：9786269536054

文化部
MINISTRY OF CULTURE